Début d'une série de documents
en couleur

ROUROU

ET

PRAMADVARA

POÉSIE INDIENNE

Extraite du *Mahâbhârata*.

Par MM. CH. BOUCHET & CH. CHAUTARD

(Extrait du Bulletin de la Société Archéologique,
Littéraire & Scientifique du Vendômois.)

VENDOME

TYPOGRAPHIE ET LITHOGRAPHIE LEMERCIER

1867

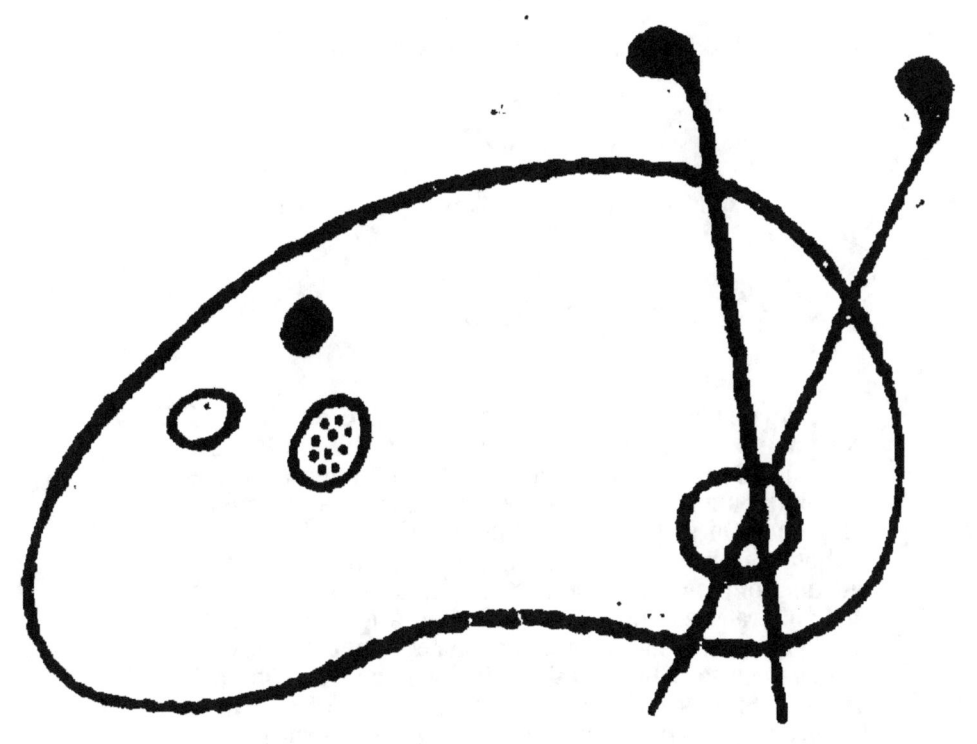

Fin d'une série de documents
en couleur

ROUROU ET PRAMADVARA

POÉSIE INDIENNE

Extraite du *Mahâbhârata*

Par MM. Ch. Bouchet & Ch. Chautard.

NOTICE PRÉLIMINAIRE

Messieurs,

Avant de vous donner lecture de la pièce de vers qui vous a été annoncée, qu'il nous soit permis de la faire précéder de quelques éclaircissements qui peuvent n'être pas inutiles aux personnes peu initiées à la littérature indienne. On sait que cette littérature est une des plus riches qui existent, mais remplie de beautés singulières et de noms étranges à des oreilles européennes. Le Mahâbâhrata est le plus grand poëme qu'elle ait produit. Il chante une guerre nationale fameuse dans ce pays; mais, à cette occasion, il développe une infinité d'épisodes plus ou moins liés au sujet : récits historiques, légendes merveilleuses, généalogies, doctrines sacrées, traités de philosophie.... tout y entre. L'ouvrage entier forme un vaste corps, une espèce d'encyclopédie qui se déroule en dix-huit chants, dans un cours de plus de 200,000 vers [1]. Il n'est pas d'ailleurs d'une époque extrêmement ancienne, du moins dans sa forme actuelle. On croit qu'il ne remonte qu'aux derniers siècles qui ont précédé notre ère. L'auteur est connu sous le nom de Vyâsa. Il faut avoir lu une partie de son œuvre pour s'en faire une idée. On se croirait en présence de l'immensité et des mille murmures de l'Océan; on croirait voir un de ces géants de la mythologie indienne,

---

[1] D'après les estimations les plus modérées. — L'Iliade, dans ses vingt-quatre chants, n'en a pas 16,000.

1867

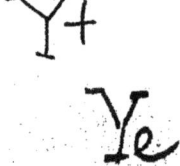

qui sont représentés avec dix têtes et vingt bras ; on se dirait transporté dans une de leurs forêts, toute remplie de végétations extraordinaires, de lianes inextricables, d'animaux charmants ou monstrueux, de chants et de cris. C'est une impression de grandeur et de confusion, un sentiment d'admiration et d'effroi. Par instants c'est à donner le vertige. — Plusieurs hommes de talent ont entrepris de nous faire connaître, en tout ou en partie, cette gigantesque épopée. L'Angleterre et l'Allemagne, comme il arrive si souvent, nous avaient déjà précédés dans cette voie ; mais nous ne parlerons ici que des traductions françaises.

Le morceau le plus anciennement connu et aussi le plus remarquable est désigné sous le nom de Bagavad-Gita. C'est un long dialogue philosophique et religieux, entre un dieu et un héros. Il a été publié dans notre langue en 1787, mais seulement d'après une version anglaise. Depuis, M. Emile Burnouf, professeur à la Faculté de Nancy, et parent de l'illustre savant à qui les études orientales sont si redevables, en a donné une nouvelle traduction, d'après et avec le texte [1]. Il a également traduit un des plus beaux épisodes, celui de Nala et Damayanti. — De son côté, un hardi voyageur, habile indianiste, M. Théodore Pavie, donna en 1844 ses « Fragments du Mahâbhârata. » La Société d'Agriculture, Sciences et Arts d'Angers, en rendit compte dans ses Mémoires de la même année, et cita même tout au long celui que nous avons essayé de mettre en vers. C'est là que nous en avons pris connaissance. — En 1858, M. A. Sadous en donnait quelques autres fragments. — En 1862, M. Ed. Foucaux, professeur au Collége de France, publia, comme complément au livre de M. Pavie, onze épisodes du même ouvrage. — Enfin un intrépide savant, déjà connu par la traduction d'une autre grande épopée (le Ramayana), a entrepris celle du Mahâbhârata tout entier ! Déjà quatre volumes, c'est-à-dire le

[1] Mémoires de l'Académie Stanislas. Année 1860, tome 2.

tiers, avaient paru en 1866. — Une autre production poétique d'une notable étendue, qui sert d'appendice à à celle qui nous occupe, avait été traduite, en 1834, par M. A. Langlois [1].

Comme vous le voyez, Messieurs, le Mahâbhârata a depuis longtemps conquis le droit de cité dans notre littérature, et il était permis de vous en parler sans faire naître trop de sourires.

Le morceau que nous avons osé mettre en vers n'offre rien de ces beautés étranges dont nous parlions en commençant. Il nous avait surtout frappés par une noblesse et, pour ainsi dire, par un spiritualisme de sentiments, qui ne se rencontrent pas toujours chez les poëtes de l'antiquité classique. Nous y trouvions en outre l'expression d'une croyance qui se remarque chez d'autres peuples de la même famille, c'est que l'existence d'un être peut être rachetée par le sacrifice d'une autre existence. On connaît chez les Grecs la fable d'Alceste et d'Admète, celle de Castor et Pollux [2]. Chez les Gaulois, la même superstition régnait ; on pouvait, dans les maladies ou sur le champ de bataille, conjurer la mort et apaiser les dieux en leur offrant vie pour vie. (César, l. VI, c. 16.)

Un mot en terminant sur notre système de traduction : Nous avons moins songé, nous l'avouons, à faire œuvre de traducteur qu'œuvre littéraire. L'un de nous, du moins, vous doit, sous ce rapport, une petite confession. Il s'est laissé aller au charme de cette poésie et à l'entraînement de souvenirs analogues ; en sorte que, sans penser à mal, il s'est trouvé, en fin de compte, non pas avoir *embelli son modèle*, il n'a jamais eu cette prétention, mais en avoir développé les beautés. Toutefois il s'est efforcé de rester dans l'esprit et la couleur de l'original. S'il a eu tort d'amplifier ainsi l'antique simplicité du poëme, il prie qu'on le lui pardonne. Au reste, il est revenu, pour la fin du sujet, à une marche

[1] L'Harivansa, ou Histoire de la famille de Hari.
[2] Notre épisode indien n'est en quelque sorte qu'un mélange de ce mythe d'Alceste et de celui d'Orphée.

plus littérale; suivant en cela l'exemple de son collaborateur, qui, plus sage, a traduit partout avec une fidélité à laquelle de semblables travaux l'avaient de longue main exercé.

Nous avons accompagné notre travail de quelques notes que nous avons jugées utiles. Les unes nous appartiennent, les autres ont été puisées dans divers ouvrages. A défaut de celui de M. Pavie, que nous regrettons de n'avoir pas eu à notre disposition, le livre de M. Foucaux, dont nous avons parlé, nous a été d'un grand secours. Nous aurions voulu également faire précéder notre *imitation* de la traduction en prose qui nous a servi d'original; mais c'eût été allonger beaucoup ce travail déjà bien étendu pour notre modeste Bulletin. Nous n'avons eu d'ailleurs aucune intention d'éluder un rapprochement qui, nous l'avouons, eût été tout entier à notre désavantage.

Et maintenant, dans ce voyage que nous allons entreprendre de concert sous ce ciel lointain, espérons, Messieurs, que nous ne serons pas trop *désorientés*.

G. B.

I

Non loin de Bénarès, la grande cité sainte,
Où le centre du monde est marqué dans l'enceinte [1],
Sur ces bords où, sorti du front puissant d'un Dieu,
Le Gange, Dieu lui-même, épanche son flot bleu [2],
Vivait dans le désert, au sein d'un ermitage,
Un illustre Brahmane, un Richi [3] d'un grand âge,
Pauvre, attentif au bien de tout être vivant,
Sthoutakéça le saint, l'universel savant.
Dans les quatre Védas [4], ces textes vénérables,
Contemplant de Vichnou [5] les splendeurs adorables,
Il consumait ses jours sur les livres sacrés,
Jeûnait, faisait l'aumône, exaltait par degrés
Sa pensée au-dessus de l'impure matière,

[1] Telle est la croyance indienne ; telle était celle des Grecs, au sujet de Delphes, leur ville sainte aussi : elle était pour eux le centre, l'*omphalos* de la terre. Les peuples gaulois avaient également leurs villes du milieu, leurs *mediolanum*, et de plus un lieu de réunion générale qui passait pour le point central de la Gaule. On sait qu'il était situé sur la frontière des Carnutes. (César, VI, 13.)

[2] Le Gange était considéré comme un dieu, ou plutôt comme une déesse, car son nom est féminin en sanscrit. Ce fleuve, selon la légende, était descendu du ciel, mais s'était arrêté d'abord sur la tête de Siva ; aussi ce dieu est-il représenté souvent avec une rivière qui lui jaillit du front. — Siva étant le dieu du feu, ce mythe n'exprime rien autre chose que l'alliance du principe igné et du principe humide qui ont engendré toutes choses.

[3] Les Brahmanes forment la première des quatre castes de l'Inde, la caste des prêtres. Toutefois il convient d'observer que ce nom indique avant tout l'origine et non la fonction. Il faut être Brahmane pour être prêtre; mais un Brahmane peut être guerrier ou roi. — Les Richis sont les saints de cette religion.

[4] Les Védas sont un recueil d'hymnes aux dieux. Ce sont les plus anciens livres sacrés des Indous, révélés par Brahma. On en distingue quatre : le Rig-Véda... etc.

[5] Vichnou, la deuxième personne de la trinité indienne.

Pour affranchir un jour son âme tout entière
Du long enchaînement des transmigrations.

Or, vers ce même temps, livrée aux passions,
L'une des Apsaras [1], courtisane céleste,
Aux longs yeux, aux regards de miel, au cœur funeste,
La belle Ménaka, dans un sombre vallon
Du mont Mérou [2], le soir, eut commerce, dit-on,
Avec Viçwavasou, vaillant roi des Génies.
Plus tard, lorsque, parmi les sphères infinies,
La lune irrégulière eut, dans le cours des mois,
Renouvelé son front jusqu'à trente-six fois,
Ménaka mit au monde un enfant, une fille,
Plus merveilleuse à voir que l'étoile qui brille
Au lever du matin, avant l'astre du jour.
Et sa mère, n'osant au céleste séjour
Introduire sa honte et le fruit de sa faute,
Résolut ici-bas de lui chercher un hôte,
De lui chercher un père, un foyer adoptif.
Une nuit, descendant du ciel d'un pied furtif,
Elle vint en silence, au seuil du solitaire,
Déposer son trésor et s'enfuit de la terre.

Lorsque le lendemain, au lever du soleil,
Sortit le vieux brahmane, après un court sommeil,
Pour se purifier aux flots sacrés du Gange,
En travers de sa porte il voit ce petit ange;
L'enfant lui souriait et lui tendait les bras.
Le vieillard est surpris et recule d'un pas :
« Soit donc béni Vichnou, car c'est lui qui t'envoie,
« Dit-il enfin, c'est lui qui t'a mis sur ma voie. »

---

[1] Apsaras, nymphes célestes du paradis d'Indra. Indra était le dieu de l'éther.

[2] Le mont Mérou, montagne sacrée des Indiens, s'élève au milieu des sept continents qui, selon eux, composent le monde.

Il relève l'enfant, l'emporte sous son toit,
Couvre son petit corps qu'avait saisi le froid,
Lui donne pour nourrice une chèvre fidèle,
Et dès ce jour, sans cesse attentif auprès d'elle,
Il lui devint un père, un maître, un doux appui.

Cependant, d'un progrès rapide, auprès de lui
Sa fille grandissait. Sur cet âpre rivage
Elle croissait superbe ainsi qu'un lis sauvage.
Elle était du désert la joie et le trésor ;
Ainsi dans la montagne éclate un filon d'or,
Ainsi dans la vallée une source d'eau vive
Réfléchit le ciel bleu dans son onde pensive.
Or, dès les premiers jours, les astres consultés
Selon le rit ancien, parurent irrités ;
Plus tard, interrogés avec sollicitude,
Ils montrèrent alors plus de mansuétude,
Firent même entrevoir un fortuné destin,
Mais à quel prix !... O jeux ! ô Mort, sombre lointain !
Pourtant elle vivrait, comblée avec largesse
Des dons de la beauté, des dons de la sagesse ;
Aussi le bon vieillard, que le ciel inspira,
L'avait-il appelée Asti Pramadvará ;
Ce qui s'entend : Elle est première entre les belles.
On eût dit en effet l'une des immortelles,
Soit que, marchant le long du fleuve aux belles eaux,
Elle ornât en riant sa tête de roseaux,
Soit que, fixant parfois son œil noir vers la nue,
Elle y semblât chercher une énigme inconnue,
Ou que, prenant son luth sous ses doigts effilés,
En présence des cieux ardemment étoilés,
Elle chantât, d'une âme inspirée et profonde,
Un de ces chants sacrés aussi vieux que le monde,
Un de ces hymnes purs, naïfs, du Rig-Véda,
Où des premiers humains tout le cœur déborda.

II

Or, un jour, par hasard, Rourou, le noble prince,
Fils du roi Prâmati, visitant la province,
Languissant, accablé de la chaleur du jour,.
Entra dans l'ermitage, et là, dans ce séjour
Modeste et sombre, il vit luire la chaste étoile
Comme une lune d'or dans une nuit sans voile,
Ou plutôt il crut voir la déesse Lackmi [1]
Apparaître en sa gloire à son regard ami.
Un trouble étrange et doux s'empare du jeune homme ;
Il tressaille, il pâlit, il se sent blessé, comme
Un fier lion, marchant paisible en son chemin,
Reçoit un trait lancé d'une invisible main.
Il aima... d'un amour doux comme la colombe,
Profond comme la mer, puissant comme la tombe ;
La jeune fille aussi l'aimait, de quel amour,
O Dieux, vous le savez, de quel ample retour !
Nous ne le dirons point, une tendresse telle
Ne saurait s'exprimer d'une bouche mortelle.
Au roi son père enfin il déclare son cœur.
Le vieux roi, sans rien dire, en voyant sa pâleur,
Emu, se souvenant en secret de la reine,
Qu'il avait tant aimée, eut pitié de sa peine ;
Il envoie aussitôt vers l'illustre Mouni [2] :
« Vénérable Brahmane, au savoir infini,
« Pour ta fille mon fils est épris de tendresse ;
« Donne-lui pour épouse et que son tourment cesse,
« Et qu'ils vivent heureux sous le regard de Dieu.
« Brahm [3] soit loué toujours, en tout temps, en tout lieu ! »

[1] Lakmi, femme de Vichnou et déesse de la beauté.
[2] Mouni, solitaire. En grec *Monos*.
[3] Brahm, le Dieu suprême, irrévélé, qu'il ne faut pas confondre avec Brahma, le Créateur, le Démiurge.

Sthoulakéça rend grâce et consent avec joie.
Déjà sur tous les fronts le bonheur se déploie.
Le moment où la Lune, en son premier quartier,
Va de nouveau remplir son orbe tout entier,
Fut pour cette union l'époque destinée,
Car la reine des nuits préside à l'hyménée.
Prenez vos luths, chantez, Gandharvas[1], voix de l'air,
Et que la terre chante, et le ciel et la mer !

Pramadvarâ, mêlée à ses jeunes compagnes,
La veille de ce jour, errait dans les campagnes,
Jouant, cueillant des fleurs aux buissons du chemin,
Et souriant d'amour en pensant à l'hymen.
La belle jeune fille, enfant d'une immortelle,
Ne vit pas un serpent étendu devant elle,
Et qui, se réchauffant aux rayons du soleil,
Sur le sable jauni dormait d'un lourd sommeil.
Pramadvarâ, joyeuse en sa marche légère,
Posa son pied distrait sur la noire vipère,
Comme poussée, hélas ! par le dieu de la mort.
Excité par ce dieu fatal, le serpent mord
Le talon rose et nu de la jeune étourdie,
Et, s'enroulant autour de sa jambe engourdie,
Furieux, de ses dents distille le poison.
Soudain Pramadvarâ sent un mortel frisson,
Et triste de mourir parce qu'elle est aimée,
Elle pâlit, soupire, et tombe inanimée.
Elle est là, sans couleur, ses longs cheveux épars ;
Et ses compagnes même éloignent leurs regards.
On dirait qu'elle dort sur la terre affaissée,
Elle, si belle à voir, la douce fiancée
Qui d'un cœur virginal a gardé le trésor ;
Elle est là, pour toujours morte, et plus belle encor.

[1] Gandharvas, demi-dieux, musiciens du ciel d'Indra.

Or son père passait, récitant sa prière ;
Il la vit, et tomba près d'elle sur la pierre.
Et les autres Richis, aux austères vertus,
En la voyant pareille à la fleur du lotus
Qu'à sa tige fragile arracha la tempête,
S'approchèrent émus et courbèrent la tête.
C'était Çwéta, Kitou, l'illustre Kouçika,
Mahayacas, qui pleuraient l'enfant de Ménaka.

III

Le fils de Pràmati, silencieux et sombre,
Cherchant, dans sa douleur, la solitude et l'ombre,
Alla, loin de ces lieux, dans la grande forêt,
S'asseoir près d'un palmier et pleurer en secret.
Puis, lorsque de ses pleurs la source fut tarie,
Il invoque le dieu de la mort et s'écrie :
« Impitoyable Dieu ! rêves d'or de l'hymen,
« Mirage du bonheur !... néant du lendemain !
« Dieu de la mort, entends ma plainte solitaire,
« Yama [1] ! pour toujours elle dort sur la terre,
« L'enfant de l'Apsaras, au corps si délicat
« Que des étoiles d'or il surpassait l'éclat !
« Elle dort, quand venait la saison conjugale !
« Est-il à ma douleur une douleur égale ?...
« Si j'ai dompté mes sens par mes austérités,
« Si par moi mes gourous [2] ont été respectés,
« Si l'Indus a lavé mon corps de ses flots jaunes,
« Si j'ai prié, jeûné, répandu mes aumônes,
« Et si j'ai su toujours compâtir au malheur,
« O dieu de la mort, prends pitié de ma douleur !

[1] Yama, dieu de la Justice et de la Mort, présente le double caractère de Pluton et de Minos.

[2] Gourou, précepteur spirituel, celui qui prépare les hommes des trois premières classes à l'investiture religieuse ou aux grades sacrés.

« Si fidèle à Brahma, j'ai, depuis ma naissance,
« Lu dans les Beths sacrés avec obéissance,
« Oh ! que ma bien-aimée, échappant à tes lois,
« Yama ! se relève à ta puissante voix ! »

Or, tandis que Rourou pleurait sa fiancée,
Un céleste envoyé, devinant sa pensée,
Soudain, dans la forêt, apparut à ses yeux,
Et murmura tout bas ces mots mystérieux :
« O fils de Prâmati, tes paroles sont vaines !
« Quand le sang refroidi n'échauffe plus les veines,
« Noble guerrier, la vie a cessé pour toujours.
« Ton amante a rempli la somme de ses jours ;
« Ainsi dans la douleur ne plonge plus ton âme.
« Mais, pour ravir encore à la céleste flamme
« L'étincelle de vie, il est un seul moyen
« Établi par les dieux mêmes, au temps ancien.
« Si tu veux l'employer, ô guerrier magnanime,
« Tu pourras à la mort arracher sa victime.
« — Quel est donc ce moyen trouvé par les grands
                                        [dieux ?
« Dis-le sincèrement, ange, ô toi qui des cieux
« Sur tes ailes d'azur as traversé la voie ;
« Après l'avoir appris, quel qu'il soit, je l'emploie. »

Le céleste envoyé répondit à Rourou :
« Écoute, ô serviteur fidèle de Wishnou ;
« Cède à Pramadvarâ la moitié de ta vie,
« Et soudain tu verras, au froid trépas ravie,
« La vierge renaissant par toi, vivre pour toi.
« O guerrier, me crois-tu ? » Rourou dit : « Je te crois.
« Je donne la moitié de ma vie en échange
« De la vie accordée à la vierge, ô bon ange,
« Toi qui, planant au haut des airs, m'as écouté !
« Que, tout ornée encor d'amour et de beauté,
« Se relève aujourd'hui ma douce bien-aimée ! »

La douleur de Rourou par l'espoir fut calmée,
Et l'envoyé céleste alors vers Yama,
Roi de justice, égal en puissance à Brahma,
Prit l'essor aussitôt, et parla de la sorte :
« Pramadvarâ, la vierge heureuse et pure, est morte.
« Que pleine de beauté, de grâces et d'amour,
« Pramadvarâ renaisse, ô Dieu, car en retour
« Son époux donnera la moitié de sa vie.
« — Puisque à la rendre au jour votre voix me convie,
« L'épouse que Rourou choisit, Pramadvarâ,
« L'enfant de l'Apsaras peut vivre ; elle vivra,
« Car la loi que les dieux ont jadis établie,
« Aujourd'hui par Rourou lui-même est accomplie.
« L'épouse va quitter mon royaume jaloux,
« Pour vivre la moitié des jours de son époux. »
A ces mots, ô bonheur, Pramadvarâ se lève,
Pâle, comme endormie et s'éveillant d'un rêve,
Rouvrant son âme au ciel et ses prunelles d'or,
Souriante, toujours belle, plus belle encor.
Et dès ce même jour l'union célébrée,
Achève de bannir la tristesse éplorée ;
Mais Rourou fait un vœu : — de ne sortir qu'armé
D'une hache terrible au tranchant affamé,
Et s'il voit un serpent, de l'exécrable bête,
Dans son âpre colère, il fait tomber la tête :

Cependant, dans la vie, unis et de concert,
Les deux époux marchaient, comme en un ciel ouvert ;
Mais le destin veillait — et jeunes ils moururent.
Un soir, à tous les yeux, ensemble ils disparurent...
Ainsi fut consommé ton noble dévoûment,
O Rourou ! Que ton nom vive éternellement !

Vendôme. Typ. et Lith. Lemercier.

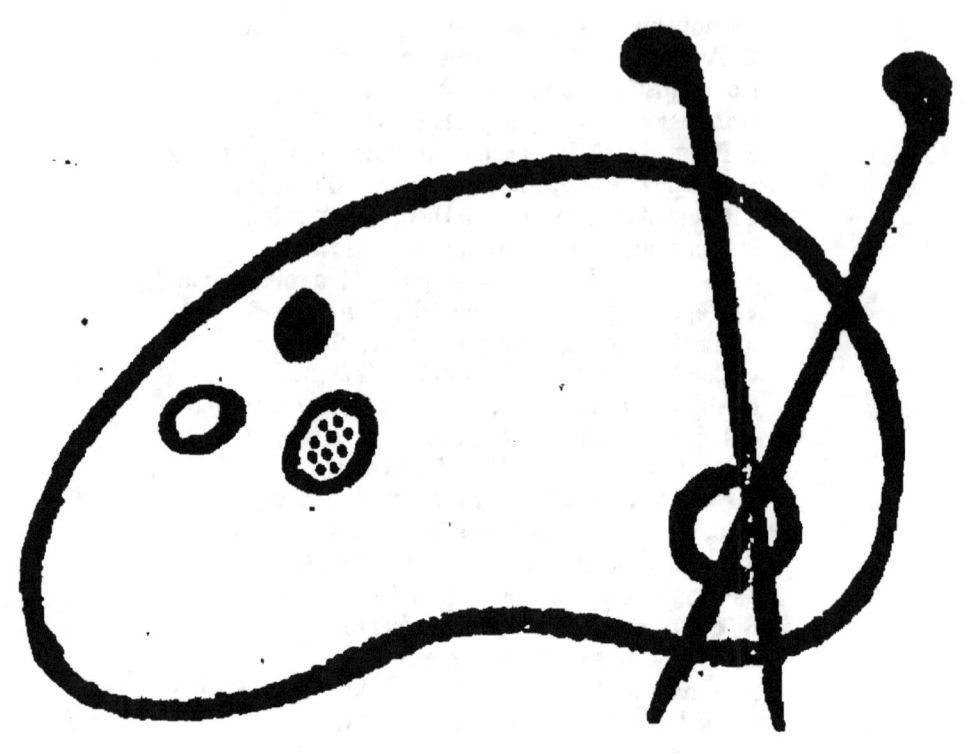

Original en couleur

NF Z 43-120-8

www.ingramcontent.com/pod-product-compliance
Lightning Source LLC
Chambersburg PA
CBHW061436170626
46811CB00005B/2291